戴逸如
摄影
撰文

啸啸噜喳

唱游南非

上海交通大學出版社
SHANGHAI JIAO TONG UNIVERSITY PRESS

南部非洲上海工商联谊总会《啸啸噜喳——唱游南非》编辑委员会

姒　海　沈少波　卞德泉　何永利　韩　芳

邵惠明　陈登存　徐侃毅　高国强　赵宝培

序一

徐卫东

在《唱游俄罗斯》正式出笼之前，其实我与几个朋友心里一点底都没有，我想大概只有逸如一个人知道那本书会是一副什么模样。因为按照他的描述，在图书市场上根本就找不到可以类比的参照物。况且，近年来有关俄罗斯的各种类型的书籍出版得已够多了，要想从中脱颖而出，难度确实不小。但是，作为多年的老朋友，既然他有信心，我当然也就信心满满了。

逸如的行事风格，是从来不肯跟在别人后面亦步亦趋，又不肯张扬。就如同一个酿酒师，埋头躲在深巷里，默默酿造他的独门秘酒。他只在乎他的酒品，至于酒能否畅销，能赚多少银子，他好像漠不关心。

他的信心没有落空。当飘着油墨香的样书从厂里出来，很快就迎来了利好消息：一位从事外事工作的朋友，非常熟悉俄罗斯，他对书的评价是："面目一新，很有味道！"俄罗斯驻上海领事见到书，表示出浓厚兴趣，冒着酷暑出席首发式。

时间真是飞快，去年《唱游俄罗斯》在上海书展首发的情景，仿佛还是昨天，《啸啸噜喳——唱游南非》又将亮相于今年的上海书展。《啸啸噜喳——唱游南非》成为"唱游系列"的第二本。《唱游俄罗斯》的卷首有几句话："导游图撕成雪片，杂糅了斑驳记忆，扬扬洒洒，撒向天空。诗歌声声是啁啾鸟鸣，风景片片是花雨缤纷。我是彩云间野鹤——醉意朦胧，我是花丛中蛱蝶——不辨西东。随光影闪烁，任意识流动。”它应该不仅针对《唱游俄罗斯》，而是指向整个“唱游系列”的。这个系列中的每一本，想来都既不是旅游向导式的读物，也不是单幅摄影作品的汇编，而是用几种艺术手段综合抒写成的长篇文化散文。它们有头有尾，有起承转合，有厚重的文化内涵。

长期以来，我们对非洲文化的关注是很不够的，无论是翻译还是推介的出版物寥寥无几。我们甚至很少有人知道，在黑非洲，已经有四位作家获得过诺贝尔文学奖了。因此，《啸啸噜喳——唱游南非》中蕴含的非洲文化就显得格外可贵。很多位非洲作家将在“唱游”中“献声”。我们可以看到，逸如的笔触和镜头，不像一般读物那样，停留在猎奇式的展示非洲景观和动物，而是以深切的人文关怀去搭非洲之脉。

电脑开始普及的当年，许多人兴高采烈地声称要“换一支笔”。逸如却不肯，他说为什么要换呢，“添一支笔”不是很好吗？尽管他已经有两支笔：一支文笔，一支画笔。当数码相机诞生，他说是又给他“添一支笔”。现在看来，他真不是瞎说说的。这几支笔，他用得都很得心应手。

序二

夏卫海

看到戴老师从南非拍回来的照片，我感到十分亲切十分激动。几年前我去过非洲，留下异常深刻的印象，那难忘的日日夜夜，那不可思议的、惊喜与惊险交杂的旅程，至今历历在目。看着屏幕上一张又一张的照片，我的记忆不断被激活，照片与记忆重叠着，流动着。

南非大约算得上是非洲大陆最为奇特的国家，极为先进和奢华的现代城市和极为贫穷落后的乡镇并陈着，皑皑雪山、热带丛林和四季如春的城乡并陈着，富饶的购物商厦、葡萄庄园与荒芜的荞原并陈着。那里有美丽得赛似仙境的旅游胜地，也有让人不忍卒睹的铁皮棚窝群。

我曾经在德拉肯斯山脉的玄武岩峭壁环抱之中，产生幻觉，好像又来到了古罗马的圆形大剧场。在古罗马圆形剧场，我感到古人的伟大。在德拉肯斯山，我感到了人类的渺小。人在大自然的鬼斧神工面前，简直渺小到不值一提，不堪一击。

在克鲁格国家公园，我与狮子、豹、大象、水牛、黑犀牛有过亲密接触。以前我非常向往这“非洲五霸”，当我得以亲眼目睹时，我的喜悦和激动，是可以想象的。

在我到过的诸多世界名城中，“太阳底下无冬天，树荫底下无夏天”，气候四季如春，饮食丰富洁净，环境优美，如果没有治安问题，南非的约翰内斯堡绝对是世界上少有的宜居城市。海滨城市开普敦除了好望角外，另有举世闻名、雅号“上帝餐桌”的桌山，平坦如桌面的山顶，常常被一层薄薄的白云覆盖，像煞一张洁白的桌布。加上近旁天造地设的十二使徒峰，绝对是人间奇迹……

关于南非的观感，我还可以说上许多许多，但是我不说了，后面你很快就可以看到戴老师精彩的照片和诗样的文字了——他称之为文，其实就是诗。去年出版的《唱游俄罗斯》，既有别于旅游读物，又有别于摄影画册，是图文并茂的域外文化读本，是戴老师的一种探索性的尝试。从《唱游俄罗斯》受欢迎的程度，可见他走出了一条别出心裁的成功之路。《啸啸噜喳——唱游南非》是戴老师“唱游系列”的第二本。我们对俄罗斯是十分熟悉的。我们对非洲却非常陌生，对非洲文化，对非洲诗歌就更陌生了。从《啸啸噜喳——唱游南非》中引用的多位非洲诗人的作品来看，就可以想见他对非洲文化下了多少功夫。

《啸啸噜喳——唱游南非》中有一幅旗杆上并列悬挂中国、南非国旗的照片，那是习近平主席访问南非前一天，戴老师在比勒陀利亚总统府前拍摄到的。正是在这次访问中，习近平主席说到，不仅要与南非等非洲国家加强经济、政治的合作，还要加强文化的交流和合作。《啸啸噜喳——唱游南非》生逢其时了。

001

跳过了朝阳如血，

跳过了彩霞满天，

黎明，性急地驾到，

只将一抹晨晖，

喷绘在鲲鹏羽翼上。

我默默歌咏哈玛·图玛（埃塞俄比亚）的歌：

“我听着风中的音乐

咚咚的欢庆鼓声

乘着云朵

我看见欢乐的黎明。”

非洲呀，黎明的非洲，

我来了，

我从天而降。

002

我轻叩非洲木雕大门

我聆听黑土地沉沉回声

啸啸噜喳

啸啸噜喳

我听见跳羚曳出彩虹

我听见帝王花铿锵

我听见草原蓝鹤晾健翅

我听见罗汉松型塑好望角的风

啸啸噜喳

啸啸噜喳

003

长街坦荡，

哪里有非洲五霸的吼声？

花园都市，

甚至有着涂鸦的现代。

嗨，是你吗？是战鼓隆隆的非洲吗？

是时间？是空间？还是我的感觉错位？

“我们将

从一条街道伸展我们的思想

到一片田野到一片大海到一片宇宙直到

提供出我们人类无限的可能性。”

（[南非]菲丽帕 · 维利叶斯）

004

“长长的水泥路面，交错了方格
看上去像一条飞机跑道，假如
这不是出于任何人的精思妙想
那灰色平台呢喃，鼓舞着双脚。”
（[加纳]奈伊·阿伊克维·帕克斯）

于是有一双历史的巨足，
在眼前这幢古建筑上
踩出一团异彩。
于是非洲新天地的帷幕，
缓缓升起了……

民族和睦的阳光，

拼接起国家理想的幕墙。

艺术与生活的浓墨重彩，

溢出了世袭客厅的画框。

“为了民族和解，

为了国家建设，

为了一个新世界的诞生，

我们必须团结一致，共同行动。”

（[南非]曼德拉）

006

猴面包树与伯明翰银器，
在这里嫁接；
格瓦拉手枪与梦露裙子，
在这里组装……
还有更多的悖理
并不荒诞：

“注意太阳的黑暗
或一处新伤口
破开的光线——
这也是爱。”
（[南非]沙比尔·巴努海）

007

今与古的包孕需要真诚，
黑与白的兼容会很赏心，
光也欢欣，
影也含馨。

“我们一页页翻过彼此的面容
我们阅读每一瞥凝视的眼神
……得以这样做已耗费了几世几生。”
（[南非]蒙加纳·塞若特）

008

喀麦隆的哲人对我说：

“雨不会只下在一个屋顶上。”

这个你懂的。

我对亮晃晃的墙壁说：

“太阳不会总照在阳伞上。”

这个我懂的。

肯尼亚老爹插嘴说：

“那就抢在唾液风干前做完事吧。”

珍惜黄金般的时间。

009

绿叶葱茏，花香正浓，
我盼来歌声飞出鸟笼。

何以将五线谱通上了电？
夜莺夜莺一脸惊恐。

“我既无翅膀
也无魔术师的花招
但，相信我，我会飞
我也会成为一片镜子中的风景。”
（[南非]凯奥拉佩策 · 考斯尔）

总统府的大门似一面明镜，
国徽与蓝天白云下的大地叠影。
不同的人们联合起来，
走呵，走出昏睡的浑沌。

011

点一杯沙滩上的帐篷，

隔着肉桂粉闻闻好望角的风。

半山的别墅是白色生蚝，

挤几滴柠檬……

库切，库切，你来朗读《夏日》。

“如果我倾听，我能听见珊瑚虫在营筑，

那系在两股海浪之间的寂静。

捏碎一只海虱，

我让霹雳炸开。”

（[圣卢西亚]沃尔科特）

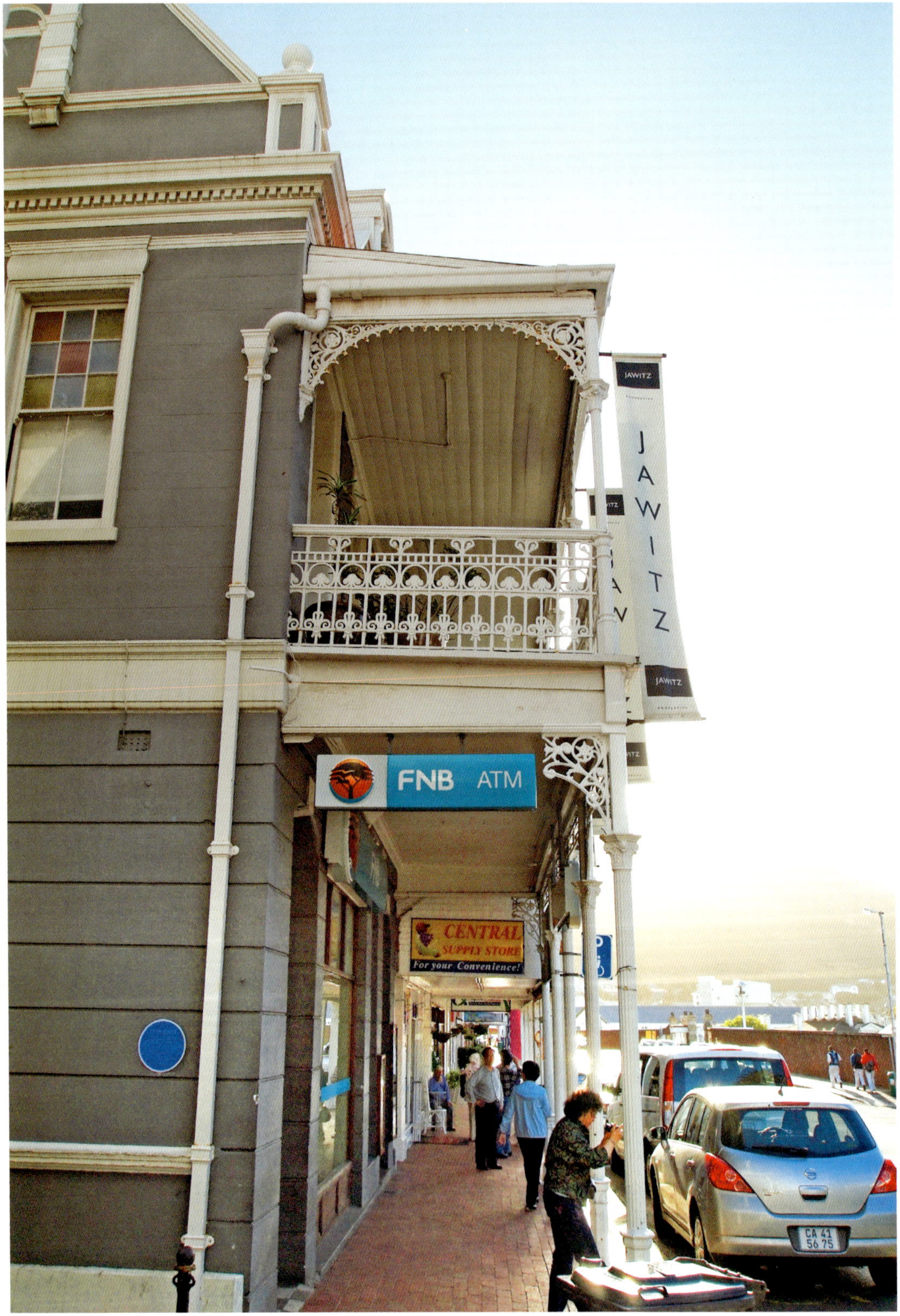

012

“他们都聚在游廊上，
库切家的全体成员，
在喝上午茶。”库切说。

“远处地平线上卷起一股尘土，
蹿上了半空中。”我嘲笑他。
“你看，现在是开普敦的午后了。”

013

生活，并不像流言那般阴暗，
黑影中，你可曾看见那片鲜靓？
亮中之暗，
暗中之亮。

“线条失去色彩
那一刻
我们在彼此心中。”
（[莫桑比克]塔尼娅·托麦）

014

且睁大眼，且嘟起嘴，
且穿戴得花枝招展，
驶进花园城市的韵律，
闯进我的后视镜。

“忘记这里
忘记下雨或者刮风
忘记你的嘴唇上或许有微笑。”
（[科特迪瓦]伏罗尼克·塔乔）

015

“河马午休完毕，
外出觅食，惊起四方水禽
它们后背开阔，浮游于水上
像是踏脚的石块……”
（[津巴布韦]乔伊斯 · 齐基娅）

犀牛不急不慌，
昏沉沉熄了油门，
叫人懒洋洋的午后呵，
那秋梦里还有群女孩
跳着哇塞—哇塞舞。

不必歇脚了吧，就要一罐可乐。
开普水牛在脚印里做梦，
猎豹的一个哈欠，
惊飞了脚印里的火烈鸟。

“离开/归来
这生命的来来去去
我们疲倦地离开
不打破时间的束缚。”
（[科特迪瓦]伏罗尼克·塔乔）

017

“你唤我不止
我应答不止
谁之热望诱出我之热望
谁之爱慕埋藏我于悲伤”
（[南非]沙比尔·巴努海）

珠光宝气的假面不假，
光怪陆离的游影憧憧。
奢望不是热望，
忧伤岂是悲伤？

018

虽然有着相同的开场，

故事却已全新。

富庶的岁月

偏爱上草编的帽饰。

“随遇而安，讲你的故事。

它们会让你相信

所有的屋檐都能遮风挡雨。”

（[加纳]阿玛·阿塔艾杜）

塔尼娅·托麦（莫桑比克）吟道：
“四月，我们隐藏在
词语间的
逶迤曲折中
内心沉醉
花儿在幻境中
绽放”

真的像踩云飘浮
误上了梦中山，
似欧非欧、似亚非亚的
非洲梦呵。

绿有千样，楼有万种，
各奏各调，互不相同。
“风中的大树挂满秀发宛如蛛网，
树根下的土壤静静躺着疯狂者的躯骸。”
（[莫桑比克]塔尼娅·托麦）

荒蛮的非洲故事
横冲直撞地流过去了，
我的眼里写满
陌生。

“我肉体的丝织品织满了歌
它嵌满了节奏流动的海洋。”
（[南非]勒布干·马希尔）

你斑驳的蜡染里晃动着葡萄酒，
晃动着驼鸟的大脚、迷人的乳香，
热气球从酒杯里飘过去了。

022

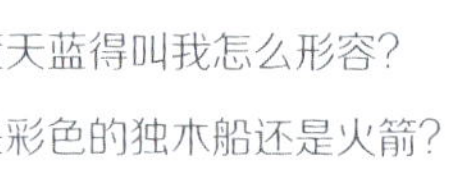

蓝天蓝得叫我怎么形容？
是彩色的独木船还是火箭？

“剽悍的儿子这棵健壮年轻的树
这棵树就在那里
在那已枯萎的白花丛中孑然挺立
这就是非洲，你的非洲，她生机盎然。”
（[塞内加尔]大卫·狄奥普）

023

是拇指钢琴的低吟？
是桑巴风格的颤动？
唱出来吧，唱出你强悍的柔情：

“我会在阴影中等你
屏住呼吸一直到正午
当你估量着我们的太阳的光晕
用仍然在你眼中闪动的
瞬间的纯粹喜悦。”
（[加纳]科菲 · 阿尼多赫）

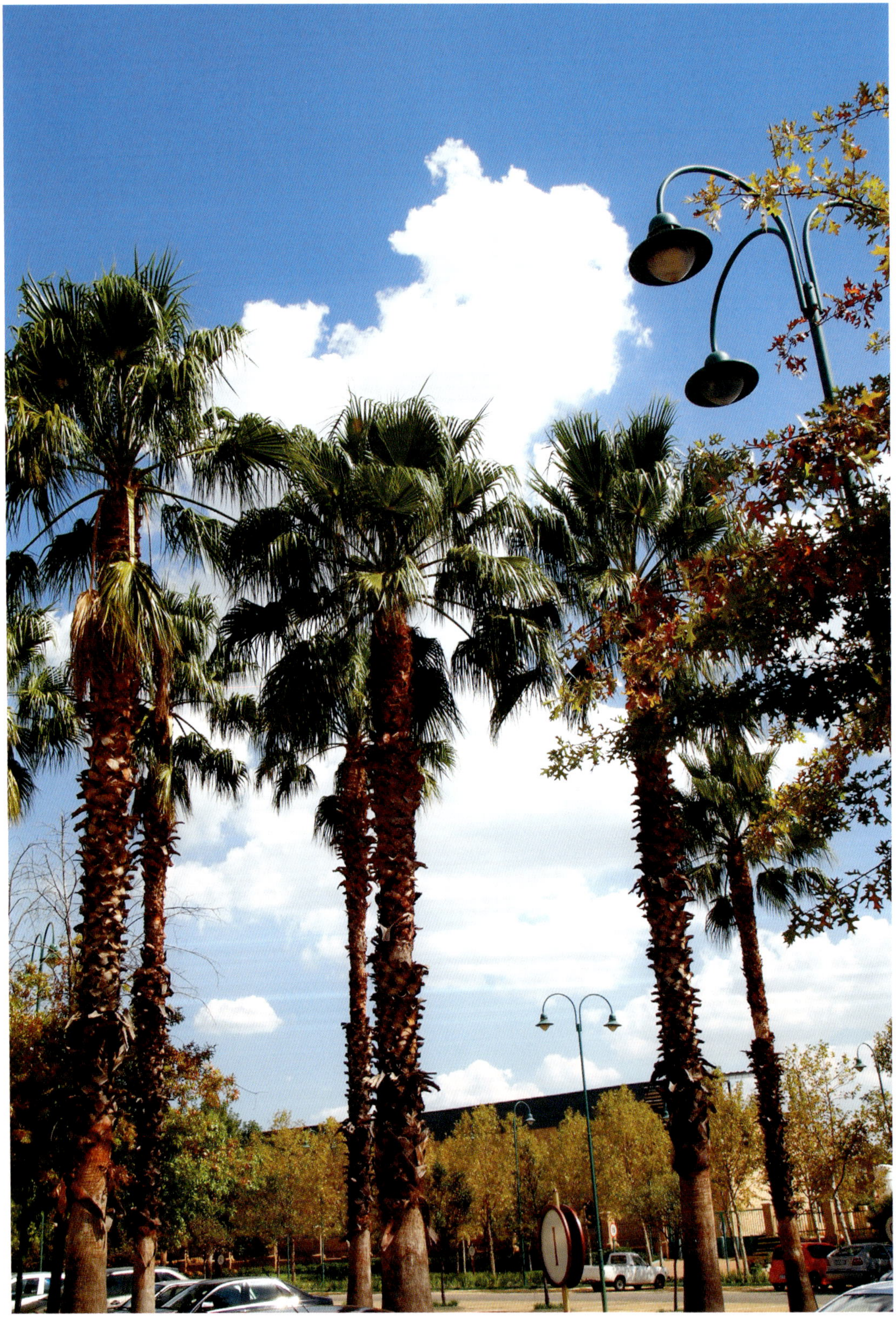

024

我转着粗犷的木雕笔杆，
抬头仰望，
想象村口大树丫上的陶罐，
想象酋长的骨头权杖：

“我也正像它一样，
在自己内心的深处，
隐藏着对最辽阔天地的狂烈梦想……”
（[莫桑比克]桑托斯）

025

囚禁，无限，

苍穹，围墙。

“我们伸长双脚至地心

触到了热岩石，

十指碰到树梢，碰到鹰的路，

佛陀的天空。”

（[南非]多利安·哈尔霍夫）

心田植菩提，

一箭过西天。

绿海豚安抚不了大西洋，

风，终于把你塑成了翅膀。

就这样吧，

就做了上帝餐桌边的小天使。

“我们跟随你飞翔，展翼的造物，

轻轻地降落树间。

在食指与拇指之间

赢得这个弹性的世界。”

（[南非] 多利安·哈尔霍夫）

阿玛·阿塔·艾杜（加纳）笑着说：
“多杜阿的挂彩棕榈树：
她正把
刚洗的新单子
挂起来晒干”

好大好漂亮哟，
是英佩伊白妇人的
新婚床单？

乘电梯登楼，换一种视角，
我随塔以布·萨利赫（苏丹）
俯瞰：
“那棕榈是黑夜与白昼的界碑；
似乎，
它是晨曦喷薄而出前的淡淡
霞光。”

“当你跨过最后的小径
离开我们的希望
我将伴着月亮走回家
数着星星
仍然在阴影中等待。”
（[加纳]科菲 · 阿尼多赫）

等待茅檐下的灯花
等待珠贝耳环、青铜项链
等待倒影变幻的惊喜
等待我的等待……

蓦然，我落进夏的
夏色吞没了我，
夏意浸透了我。
鸟鸣摇着芭蕉扇，
阳光漾着甘蔗甜。
我全身的毫毛呀，
一时萌出
夏茶香。

031

我多想闯进你的《森林舞蹈》里去蹦跳，
我多想到你的《强种》里去撒一撒野，
哦，索因卡，要不，
先听听你的短歌吧：

“保护自己如同棕榈的叶肉，
朝天举起尖牙，
嵌上刺，
裹严实如同果核的心脏。”
（[尼日利亚]沃莱·索因卡）

你的比喻太不像话，索因卡，
我形象地一想就害怕：

“现在把舌头探到蜜中，
直到你的脸蛋成为
蜜蜂乱舞的蜂巢
——你的世界需要甜上加甜，孩子。”

我宁可老老实实做一个白痴，
赞她是一朵可爱的小花。

你黑色的娇小让我心疼，
你祛祛的眼神让我心疼，
“我成长中难忘的伙伴啊，
无忧无虑的孩子们：
黑人、混血儿、白人和印第安人，
面包师和洗衣妇的儿子，
黑人渔夫和木匠的儿子……”
（[莫桑比克]索萨）

西洋娃，我会觉得好好玩，
而你，非洲小姑娘哟，
为什么、为什么让我如此心疼？

黄蝶、阡陌、菜叶，

翠禽、野水、鲜花，

骆驼、羊羔、香梦，

篝火、舞裙、长矛……

呀，

“当蝴蝶离家而去

在一个周五的晚上，

它们飞向何处？”

（[埃及]法蒂玛·纳乌特）

深谷草莽长着一株熏衣草，
石斛兰间歇着一只蓝尾鸟，
芸芸众生里我邂逅了晨曦露珠
——你清澈无邪的目光：

“他们用我降生时的阳光
充满我童年的分分秒秒。
他们用永世难忘的快乐和冒险
充满了我的童年。”
（[莫桑比克]索萨）

顶上包袱稳如泰山，
滑过我的眼前；
我与包袱阿婆，
滑过摄像机的视野。

“我们能够阅读彼此的身体
启开能量精美的印记
牵引运动力的绳子
贯穿于人类的超弦。”
（[南非]勒布干 · 马希尔）

“演员是观众，

观众是演员，

一起生活在演出之中。”

（[埃塞俄比亚]阿莱姆·特伯热·艾尔）

也包括我吗？

当然。

地球这个大舞台上，

管弦、锣鼓，

悠扬、铿锵。

“有一个我本来可以成为的我
只要我让她到外面呼吸
有一首我本来可以唱响的歌
只要我让她到外面呼吸。”
（[南非] 勒布干 · 马希尔）

转过头来的青春哟，
唱响你的笑容；
转过头来的青春哟，
呼海洋，吸蓝天。

“友谊是人间美好的感情
纵然肤色不同，环境迥异，
它也新美如斯。”
（[莫桑比克]索萨）

阿非利加的妩媚给欧罗巴的秀丽
一个微笑。黄金城
我给踹人的蹄子
斜杠的禁号。

040

“掷于溪流的卵石
不再复归原处
不再负坚固之担——
这也是爱。”
（[南非]沙比尔·巴努海）

你以为这是抽象？
一砣真实的红泥。
你以为这是写实？
那一抹提炼了多少沧桑。

"精心安排的词句
在僵化且溺毙之前
编织成网以捕捉曙光——
这也是爱。"
（[南非] 沙比尔·巴努海）

你看两情相依的爱，
你看琳琳琅琅的爱，
你看曙光中夕阳的爱，
仿佛很平淡。

“缝补易碎的思想
重建绝望后的希望
亲手清洗碗碟——
这也是爱。”
（[南非] 沙比尔 · 巴努海）

一个非洲化的中国动作，
一方已然遥远的火红，
老伯哟，你的特别的友善，
居然很熟练。

043

一框框罗列清贫，
一口口咬嚼艰辛，
褪色毛毯昨夜梦，
但你很坦然。

“一日工作已尽
拾捡垃圾
以便夜晚不必将它藏匿——
这也是爱。”
（[南非] 沙比尔 · 巴努海）

“增殖水果
别去分裂土地
增加关爱，减少憎恨——
这也是爱。”
（[南非]]沙比尔 · 巴努海）

且编织爱的络缨，
且缝上爱的蕾丝，
爱，
没有边界。

045

歇一歇，坐在约堡机场，

权当坐在津巴布韦甘蔗园。

细端详，端详字符背后亲人的脸庞，

牵挂，游走在字里行间。

你稳健的方向盘

是我们随心所欲的脚，

你的微笑，时刻准备着接招：

“泰蒙，let's go! ”

“如果确实花了
一代人一辈子的时间
高喊情绪激昂的口号
来证明我们民族的男子气
而爱巢却哈欠连天，空空如也
那还有什么意义，
我亲爱的兄弟？”
（[津巴布韦]齐里克热·齐里克热）

是，我们准备好了。
你瞧，虽然简陋，多么洁净！

纯净，源于勤劳、智慧，
安宁，生于宽厚、博大，
从拖把上开始的一天又一天，
平稳拓展：

“培根在烤架上滋滋作响，
肉味弥漫地板闪闪发亮，
隔了厨房窗子散出草香
在地下湖和葱笼草木间
有凉爽沁人，发出早餐邀请。”
（[津巴布韦]乔伊斯·齐基娅）

“一个诗人朋友说：
‘问题不在于你来自哪里
而在于你从中有何作为。’”
（[津巴布韦]阿曼达·哈玛）

我说作为，有上限也有底线，
于是你自由，畅游于无限。

我的待客之道是咖啡
——滴滴香浓，
我的待客之道是鲜奶
——丝丝柔滑。
更有赛过肉桂粉的佐料
糖包上层出不穷的非洲格言：
“菜园里不要相信羊，
羊圈里不要相信狼。”

“的确，孤独没有
名字，
因为她藏匿在你
身体的隐蔽处。
他藏匿在你的
血管中，
你脊柱线条和警惕神经
的沼泽中。”
（[科特迪瓦]伏罗尼
克·塔乔）

也许你孤独的手
是一种支撑，
也许你孤独的腿
是一种担当。

射灯照到餐座，
青蛙跳进心塘。
真诚遇见笑颜
心花开放……

“她的眼诉说着真诚
解释了它所观看的
那人的内心
它们搜寻，挑逗，
邀请内心到开放之处。”
（[纳米比亚]齐莫格茨 · 约瑟夫 · 莫拉庞）

“这样的地方只属于虚构
我垂下头
用祥和的话儿安慰我的心：
心中的福气是我的福气啊。”
（[津巴布韦]齐里克热·齐里克热）

这光景不再属于虚构，
我低头所见，
是琳琳琅琅的笑，
是光鲜艳丽的笑，
愿上帝保佑，这福气牢靠。

有位诗人唱道：
“我们赞美笑声
因为她总爱逗留在蝴蝶的翅膀上，
在洒满露珠的麝香石竹的花萼上，
在石榴美丽的红色宝石上。”

我赞叹花市笑声的清洁，
我赞叹孩童笑声的纯洁，
我赞叹杯中山泉的清冽，
我深深地深深地吸一口清新。

054

递给你，可丽饼的橙香火焰，
递给我，杏仁饼的紫苏白霜，
南瓜派误入了围裙兜，
蓝莓浆跳到老爸脸上。
哦，

“愿所有的人都拥有
工作、面包、水和盐。”
（[南非]曼德拉）

“我诅咒过
大英政权喝醉的军官，我该如何
在非洲和我爱的英语之间抉择？
是背叛二者，还是把二者奉还我？
我怎能面对屠杀而冷静？
我怎能背向非洲而生活？”
（[圣卢西亚]沃尔科特）

老问题已不再成为问题，
昨夜的冷雨呵渐行渐远。
岁月并不会甘于平静，
瑟瑟风叶总会卷出新的问号。

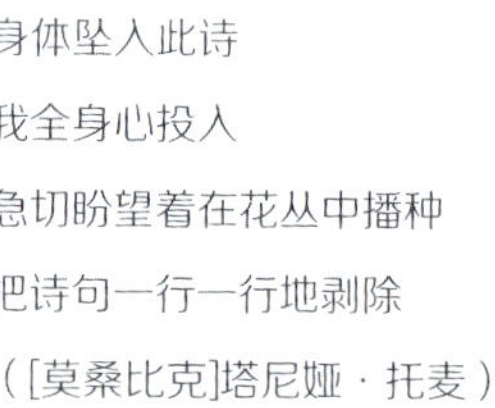

身体坠入此诗
我全身心投入
急切盼望着在花丛中播种
把诗句一行一行地剥除
（[莫桑比克]塔尼娅·托麦）

058

迷途的鸟儿
只能栖息在诗人的头顶。
小丑们
避而不见。
（[埃及]法蒂玛·纳乌特）

“我身体说着魔语让灵魂赤裸
以便观者看见
我自己每部分都给予陌生人
而他们发现自己在我的梦里。”
（[南非]勒布干 · 马希尔）

彩色的梦
无声
滑过去
黑白
滑过来
黄红

“我们承受着漫长的旅途
你，在丛林中为我们开路
挥舞着祖先的圆头棒
他传自我们已逝的祖父。”
（[津巴布韦]齐里克热 · 齐里克热）

如今圆头棒困乏了，
迷茫水牛眼，是不忍？是纳闷？
斑马纹文字默默嘶喊，
一部人类史
前后摇晃。

“当心那些生命的形象
你的舌头会被切下
在疲惫灵魂的狂欢中展出。”
（[加纳]科菲·阿尼多赫）

毕加索的舌头万幸没被切下，
毕加索的眼睛贼一样亮，
毕加索的灵魂注入鸡血，
醉了的舞步如癫如狂。

“沉默是一种语言
而且语言本身也是沉默。
一对一的对话中
没有竞争。”
（[埃塞俄比亚]阿莱姆·特伯热·艾尔）

玻璃棚里的咖啡
可曾与烈日下的铁锹对话？
黑色的步履可曾与白色的车轮对话？
语言与沉默
强硬对话……

063

“乌鸦勾画出
白昼悠长的轨线，
越过
黑人歌手的头。”
（[莫桑比克]索萨）

别走开，你的非洲沙球；
别走开，小伙子的害羞。
演奏木琴正如弯弓搭箭，
金色箭雨里，勇猛地冲！

"缕缕太阳光线
藏在静止的云朵间
滑下座座屋顶
在石头上迸溅。"
([莫桑比克]索萨)

给凳子配上琴弦，
接过阳光来弹唱。
手上脚下都是歌，
生活就是这样。

生者
是自然地皮上的
绿，
活着的
是所有其他一切——
被看不见的手操控赛跑的玩具车。
（[尼日利亚]陶鲁·欧冈勒斯）

066

你不认识任何从心灵通过的道路

弯路让你害怕

城市改变的速度

比你更迅捷。

（[科特迪瓦]伏罗尼克 · 塔乔）

"许多夜晚，
我们坐在火边，说长道短
海耶纳的贪婪，拉比特的背叛，
男女英雄和坏蛋……"
（[津巴布韦]齐伊斯·齐基娅）

火，依然熊熊，
汤锅依然沸腾着肉香。
你，还有
有关英雄的神话故事吗？

地平线是墙
大地是地板
天空是屋顶
皆来自我们已成世界的
创作智慧。
（[埃塞俄比亚] 阿莱姆 · 特伯热 · 艾尔）

069

我们变成了静息的向日葵

随金色的阳光升起

又弯身问候。

十指间

新生命力

沿经脉和爱情线流淌。

（[南非]多利安·哈尔霍夫）

070

让我们晃动手鼓，快乐地出汗
因为，当太阳伴晨曦而来
它将把月亮柔和的清辉带走
冠白日以炽热金色的箭矢
射破驱动我们跳姆冲戈尤舞的精神。
（[津巴布韦] 齐里克热 · 齐里克热）

071

转变是精神在换档。

一个人在生活中开始意识到：

未来总是很遥远。

（[南非] 勒布干 · 马希尔）

“白天来了，
像一只癞狗，我流浪在乡间
爬上长高的锥形蚁丘
只为了从另一面滑下
粗粗一吻搓伤了我的嘴”
（[津巴布韦]乔伊斯·齐基娅）

别，木瓜别嘲笑我
别，芒果别嘲笑我
我有这么可笑吗？
我的故乡的铁皮屋。

盯着那面三角旗，
你的影子把草坪拉得很宽很宽。
白球呼啸着飞进洞去，
你的心儿忽而回到故乡。

074

“在这里双手和翅膀是窗
从这里双眼透过指缝看到了世界。”
（[莫桑比克]塔尼娅·托麦）
在这里，绿叶的指缝复盖了窗棂，
从这里，世界也好奇地向窗里张望。

075

她感觉拖一颗疼痛的心脏到处跑太累，

所以把它装入放满内衣的抽屉

用轻柔的温暖宽慰它。

（[南非]马克霍萨纳 · 萨巴）

然后捧它到窗下花瓶前

盛以水果的甜甜酸酸

与马洛蒂山脉一起

作深呼吸

充满光泽的音节
躲藏在九曲回肠的迷宫中
从那里流出汩汩河水
正如从唇中说出的话语。
（[莫桑比克]塔尼娅·托麦）

077

当你盲时我亦盲。

当你允许光线射入内心

一道我几乎忘记其存在的门

洞开，在我脊柱凹陷的深处。

（[南非]沙比尔·巴努海）

诗从黑暗的

天空落下，

并透过它的薄连帽衫

冻僵我的愚蠢。

（[尼日利亚]陶鲁·欧冈勒斯）

您愿不愿意啜饮这来临的
下午
灭绝部落用修辞
你不想稍微频繁地动用笔墨
唱出某些老调，唤起
两个响韵间的激情？
（[尼日利亚]奥波多迪
玛·奥哈）

约堡的狄更斯
微笑，脱帽向我致意。
我讶异，亦脱帽
向约堡的狄更斯笨拙还礼。

我依稀忆起一百年前圣诞欢歌，
莫非你早料到
百年后我会来到此地？
瓷盘后的老古玩店，
旧开片复新开片。

082

她脖子处划伤的羽毛纹理中
伸出一个像贝壳
嵌入沙堆积中的鸟嘴
太阳落于它的眼瞳。
（[南非]多利安·哈尔霍夫）

083

“你会要多少钱
才会走得慢一点
当某天某事需要你快一点
你会要多少钱？”
（[博茨瓦纳]贾旺娃·迪玛）

点亮了灯再加上蜡烛也是白搭
我看得清你的光原是铜的光。

“我能飞到任何地方
任何饱含记忆的时刻
也能创造出新的，
无边无际。”
（[南非]凯奥拉佩策·考斯尔）

五彩薄翼要飞过阳光海岸，
越过暴风河去试试世界最高的蹦极，
降落咖啡湾
会会远道而来的背包客。

085

“我将帮你收集捕获的蝴蝶
仍然细数着你声音中轻柔的喃喃声
吹进风中一首无尽渴望的歌。”
（[加纳]科菲 · 阿尼多赫）

阳光在岩石上弹奏寂静的声音
我在你的弦上敲出声音的寂静
你看你看双帆鲈游过绿色的海滨

“也许我在做梦，也许不是

也许我迷惑了，也许不是”

（[纳米比亚]乔莫格茨·约瑟夫·莫拉庞）

也许鳕鱼优游果汁里，

也许龙虾大战芥末酱，

哦，你呀你呀，

你以为非洲也在舌尖上？

“也许我的爱将会到来，也许不会
我可能将眼睛寄放在她的美上，也许不能”
（[纳米比亚]乔莫格茨 · 约瑟夫 · 莫拉庞）

坐下。菜单。
白日梦？傻样！

我的声音想穿透词语的壳
去命名和歌唱我们
生活的决心和意志的证据
超过高贵意图的肤浅要求
（[南非]凯奥拉佩策·考斯尔）

若你未能借梦魇的
充足光线为我赋形
亦会借私藏的恐惧
那半明之光为我赋形。
（[南非]沙比尔·巴努海）

我让大地充满丰富的生命
我保守着永生的秘密
远远离开人类
以免让诸神的命运
加到人类身上
（[纳米比亚]乔莫格
茨·约瑟夫·莫拉庞）

用永恒的平静
代替永恒的冲突
大地的富足
代替死亡的贫瘠
（[纳米比亚]乔莫格
茨·约瑟夫·莫拉庞）

“在冷冷的白
有意碰到黑皮肤
之前很久，
我的脑子里
已经下雪了。”
（[尼日利亚]陶鲁·欧冈勒斯）

日历页片盘旋，盘旋，盘旋，
十年，百年……
英格兰默片已演成彩色片，
老理发店
留一道购物广场里的风景。

093

它是蓝光的启示在早晨破晓时开启
它是富饶当你知道“生活匮乏”是何感受
它是凝望地平线而天使在你身后
它是目的受怀疑攻击时敬意的重提
（[南非]勒布干 · 马希尔）

094

哦，何时你会明白

何事尽在你我？

哦，怎样你会看见

何事高于你我？

除去你所赐予

我再无力量。

除去你所置予

我再无希望。

（[南非]沙比尔·巴努海）

“总是移动
总是现在
要求我们高于自以为是的人
高于我们以前所是的人”
（[南非]勒布干·马希尔）

撩下狂野海岸的狂野，
拉出沙滩银白，海风凉爽。
非洲的风花雪月呵，
也挺着长长的矛枪。

“聪颖的人无论走到哪里，
都能发现与拾取智慧的宝石。”
（[坦桑尼亚]夏巴尼）

聪颖的人无论走到哪里，
都会利用与创造乡土的元素。

097

直到地平线阳光
闪耀着，看见美女，柔软，
光线进入所有的心中，并且
融化了仇恨。
（[埃塞俄比亚]哈玛·图玛）

将昔日的地图抛弃
那些经、纬，边界，
山峰和清泉，还有
黄金，汽油，云彩和天气
均由我重新公平分配。
（[埃及]法蒂玛 · 纳乌特）

因为云之美
不在于云
而在于干旱；
日之美
不在于光线
而在于夜之黑暗；
无限之美
在于根深蒂固。
（[南非]沙比尔・巴努海）

100

前进，前进

在那群山上

来自南非的火车。

你去远了，你去远了

在那群山中，

来自南非的火车。

（非洲民歌）

我走进非洲的庭院深深，
我走进非洲的一帘幽梦。
“也许有第二个梦，也许没有
可能有一个更好的爱之梦，只是可能
也许是如此惑人的一个词，也许……”
（[纳米比亚]齐英格茨·约瑟夫·英拉庞）

“池塘中青蛙呱呱叫
鳄鱼睡在天鹅背上
蜜蜂聚集在牛粪上
甲虫统治着蜂巢。”
（[埃塞俄比亚]哈玛·图玛）

是人类故意
动物的组合有了千变万化
是人类随性
给动物安上了荣耀或骂名
动物
镜子里的人类而已

"来自边境公园的大象，
在黄昏的天空下
为着往事重临，洗刷我泥泞的昨日"
（[津巴布韦]乔伊斯·齐基娅）

你的蒙比拉琴淌着润德河
尘封的历史早晚会褪色
哪怕你镀了金
飞吧，小飞象，唯你常青！

104

我，即便我，即便如我
亦知隔绝造成的孑然
一如云朵浮过，一如记忆
逃离长风拂乱的长空
（[南非]沙比尔·巴努海）

“你或我谁是河流
我流入大海还是你流入我
为何我想止渴你却消失
当你想止渴我便出现”
（[南非]沙比尔·巴努海）

等吧，等到铜管里涌出珍珠
凝冻的跳羚有了生命
一静一动，一死一生
周而复始，永无止境

她的快乐狂野又狂野
她宣称能击碎一切波浪，
如果你咬这硬壳
你的牙齿要吃亏。
（[尼日利亚]索因卡）

“她的话语狂野又狂野
盖上未来，把核桃
放在我牙齿间——对她，
我什么都答应，
在她盲目的
幻想中被肢解。”
（[尼日利亚]索因卡）

火车尽情喘，血脉任贲张，
索因卡可有他的定海神针？

我再次说，当我还能发出声音
记住，始终记住
你做了什么，你就是什么，
这胜过任何格言
（[南非]凯奥拉佩策·考斯尔）

这么多年来我总想知道
为何你没有或无法回答
当兰斯顿·休斯疑惑和徘徊着，
问
是什么让一个梦想延搁？
（[南非]凯奥拉佩策·考斯尔）

一束冷光

擦亮我的词，

有关恶魔般闪光的词，

它震惊了上帝，

将我的名字印得到处都是。

（[尼日利亚]陶鲁·欧冈勒斯）

它们留下一个幽灵
守护着记忆的门。因此
慢些……慢些……
阿科法，慢慢地……
（[加纳]科菲·阿尼多赫）

上帝护佑我们，

我们是非洲家庭的成员。

上帝护佑我们的民族，

制止战争，摆脱苦难，

拯救我们，拯救我们的民族，

我们的民族，南非，南非。

（南非国歌《天佑非洲》）

113

进发吧！像马佐韦的桔子般清甜
把汁液洒向奇武平原
露珠从草上滑落，耀眼迷人
如刚刚落跑的新娘。
（[津巴布韦]乔伊斯·齐基娅）

寂静的花园
庄重的花园，
黄昏时分垂下眼睛，
期待着夜晚。
（[塞内加尔]桑戈尔）

只要血液尚存，我们就不会离去。
你回来了，心灵充满美好的愿望。
但是，你的眼睛在城市中逡巡，
然后从高处跃下，一切必须从零开始。
（[科特迪瓦]伏罗尼克·塔乔）

华尔街的滑头尖声惊叫
想用大嗓门盖住先人的呼号
今夜，奥赛克姆的蛐蛐们
要一起合奏，有所应对
（[加纳]奈伊 · 阿伊克维 · 帕克斯）

他们说我们听不进道理

我们问：

蛐蛐昨夜唱了什么小曲儿

（[加纳]奈伊·阿伊克维·帕克斯）

我

在叉道上

遇到一只猫头鹰

迷茫地眨着眼

比我还

严重

末日之鸟

希望之鸟

（[加纳]阿玛 · 阿塔 · 艾杜）

在我的孤独中
我回顾远古的世界
我对自己说：
我将为自己创造一个新世界
充满了男神和女神
（[加纳]科菲·阿尼多赫）

“在这片大陆的某处
有一句古老的警告：
谁在路上拉屎
谁就会在回来时遇上苍蝇。”
（[南非]凯奥拉佩策·考斯尔）

如果你心怀善意，
那你害怕什么？

有时我深潜水底，
有时我晒晒天体，
潜水艇嘛，
你害怕什么？
如果你行为不端，
那你可要小心了。

让我们跳姆冲戈尤舞

在月亮小心的看护下

让我们全心全意地跳舞

因为月亮只在晚上来

（[津巴布韦]齐里克热 · 齐里克热）

“把那些年老的鼓手们召回到这里
交还给他们鼻音浓重的破鼓
让他们把新的韵律放进织布机
为你移动的双脚织出新的花毯。”
（[加纳]科菲·阿尼多赫）

嘭嘭嘭
敲给我听听，年老的鼓
嘭嘭嘭
敲给我听听，年轻的鼓
呜——呜——
街上的鼓声早已被飚车声淹没

123

“达姆——达姆的鼓声
穿越
群山
和
大陆，
谁能安抚我的心，
在达姆——达姆的召唤下
跳跃，
搏动，
刺痛？”
（[塞内加尔]桑戈尔）
多好的面具，老板
多便宜呀

“编悲剧比编喜剧容易多了，
因为我让你哭是容易的，
一根针就够了，
我让你笑却很难！”
（[埃及]曼苏尔）

那就站着
稳如崇山
既然喜剧不易
让悲剧也歇菜

125

“你
不应该触动
我
去悼挽伟大的祖先
让我缅怀那些倾颓的茅庐
先帝们曾经的家园。”
（[加纳]阿玛 · 阿塔 · 艾杜）

今天，谁敢说
我不是非洲人？
线粒体夏娃的遗传因子
存活在每一个地球人体内

126

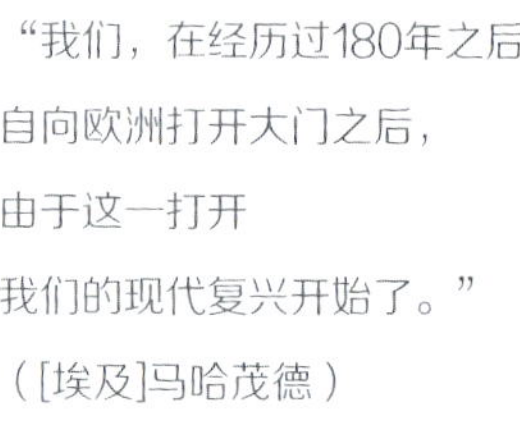
“我们，在经历过180年之后
自向欧洲打开大门之后，
由于这一打开
我们的现代复兴开始了。”
（[埃及]马哈茂德）

鼓帆的血雨腥风
压舱的奴隶军火
探险开拓的船队呵
航迹比大象脚步更沉更重

127

“我将和你一起走进牧场
看着你的手臂
缠绕着风
正当太阳跃入黎明的时候。”
（[加纳]科菲·阿尼多赫）

我将和你一起走进酒庄，
收起阳伞，
晃一晃水晶杯里的血色阳光，
闻一闻腊波里四匹阳光的醇香。

“我们站立时如猴子身影
然后
我追逐地平线，消失
直到，我们再次出现。”
（[南非]菲丽帕·维利叶斯

时光之水从猴子的指缝里
泻下，
白晃晃照亮了废墟残门。
模拟地震再现，山摇地动
冒烟……
太阳城呵，
你是前人追逐的地平线？

触手可及的水帘哗哗响着

在欧非混搭的瑰琦宫殿穿行……

我多想见见

传说中的非洲海市蜃楼

没见到，却走进了海市蜃楼

非洲山野里金碧辉煌的宫殿
如此突兀又如此浑然天成
诸多元素的混搭得心应手
笑煞现代大师们的唯我独尊

猛犸象静静地跳着
凝固的恩戈马
煮一杯恩戈山麓咖啡庄园
爱神木的高远
我忆起卡伦·布里克森
诡异的鹦鹉
“月亮下沉了，
我独自倒卧，孤伶伶。”

跳羚焕发出节日光华

全不把猎豹放在眼里

腾跃，后仰，嘭嘭嘭地踩踏地面

短笛与羊皮鼓喧闹，少女的尖叫……

“欢乐地
我跳进希望的地带
闭起双眼
梦想着光
蜘蛛网不见了”
（[埃塞俄比亚]哈玛 · 图玛）

大象武士领跳莫拉尼舞
非洲呀，
是浓艳热烈的彩陶

134

无比荣耀，显赫尊贵
你清除路途中的狮子和黑背豺
我们为要走哪个方向而激烈争吵
传家宝滑落，坠下山崖。
（[津巴布韦]齐里克热 · 齐里克热）

酒葫芦倾倒一碗佳酿
群峰间镶嵌一粒碧玉
遮阳伞遮不住麝香草
高原苍莽，也有悠闲丰腴

群山坐落东方，天地之间
黑暗迫近，隆起如驼峰
在广大深暗之下，鸟儿出演：
“空中禽鸟合炊就要来临”
（[津巴布韦]齐里克热 · 齐里克热）

桌山，都说是上帝的餐桌
我说桌山是上帝的书案
你看左右开弓两枝如椽大笔
上帝呀，你想写些什么？

蔚蓝……令人震惊……令人钟情
与屈从于人类的大地迥然相异
你将看到，海水是一个整体
变幻无穷的是海岸与风景
（[摩洛哥]贾伦）

20

巨浪排空，激荡奔涌
欲与流星挑战争雄
如果你把一座大山投入，
大山在浪的暴乱里
也成了鹅卵石
（[摩洛哥]贾伦）

141

我携来的全部泥沙

我流向你之思慕的全部盐分

全部慕与爱，全部知与失

你的一切皆来栖身于我

（[南非]沙比尔·巴努海）

午睡的远山召回散鸟
刀叉切碎暖暖的风。

“词语是鸟儿：作为猎人的目标
它们飞得太快太远。词语是风。
有时他们温柔地吹上微笑
我们的心会因喜悦而疲惫。”
（[加纳]科菲 · 阿尼多赫）

港湾再阔也阔不过胸膛
两串脚迹是诗歌两行。

“跟我一起笑吗
我的爱人，
看
港湾越来越大。”
（[莫桑比克]塔尼娅·托麦）

我与此山同等高峻且自由
此山所受束缚亦多于我
终有一日我将登顶
且于破晓之前呼吁祷告
（［南非］沙比尔·巴努海）

145

“让我靠岸吧

就在这里

我向你放声大笑。”

（[莫桑比克]塔尼娅·托麦）

我懂得你的友善听到你的笑

你是我的幸福港湾。

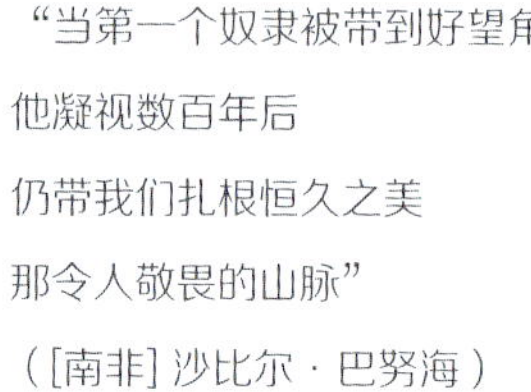

“当第一个奴隶被带到好望角
他凝视数百年后
仍带我们扎根恒久之美
那令人敬畏的山脉”
（[南非] 沙比尔 · 巴努海）

那双不带镣铐的眼睛
早已沿着之字形的山路
登上崖顶攀上灯塔
眼神，刺穿沉沉夜幕

147

我及我心中的珍宝之美丽

尚且安好，

将与山脉之美

一并永存

（[南非] 沙比尔 · 巴努海）

你澎湃的波涛
已从潮涨汐落中牵走了岁月
你咆哮着卷上岸边
又从来处退去
翻腾飞溅，淹没了与你相遇的
历代文明与赫赫功绩
（[摩洛哥]贾伦）

149

“我找回了不再受狂热蒙蔽的眼睛
你的笑声犹如穿透黑暗的火焰
使非洲越过昨天的白雪在我心中再生。”
（[塞内加尔]大卫·狄奥普）

看呵，天幕罩上了瑰琦无比的光
我记得是谁把彩虹放在云朵之上
这光，是彩虹的承诺

当我一看见大海的景色

立时忽略了自身的存在

我忘却了携我同来的友人

奔跑着扑向大海的水面

“你蔚蓝的波涛令我心醉神迷
可是大海啊，你也使我心惊
你如同大地，是一座坟
埋葬历史和光阴的生命。”
（[摩洛哥]贾伦）

我敬畏却不会惊慌
我的心稳稳擎着一盏灯

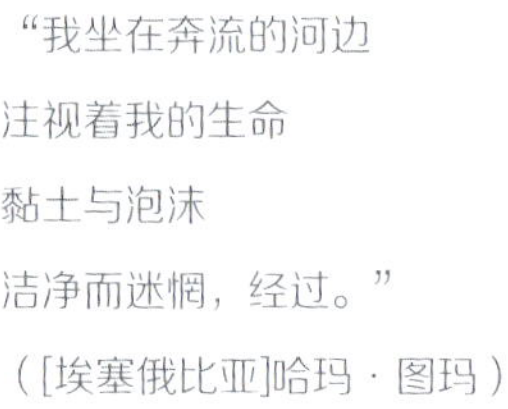

“我坐在奔流的河边
注视着我的生命
黏土与泡沫
洁净而迷惘，经过。”
（[埃塞俄比亚]哈玛·图玛）

注视阳光下的阴影
注视险途中的桥梁

153

“我们看到生物
有戏剧正在它身上上演
持续表演直到离开。”
（[埃塞俄比亚]阿莱姆·特伯热·艾尔）

无异人世间风俗长卷
悲欢离合缓缓展开
一圈圈，一遍遍，
轮回

“木头在水里泡十年

也不会变成鳄鱼。”

（非洲格言）

而流水淡淡地唱着晴的欢歌、阴的悲情

楼，高了；

桥，长了。

“赤脚站在你阳台的水磨地面
越过路障望着
你乡村的热带大草原
关闭你的立体声收音机
打开你的灵魂。”
（[加纳]科菲·阿尼多赫）

你听见乡村木琴的叮咚声？
你听见老爹嘶哑的嗓音？
你听见银牙咀嚼着甘蔗？
你听见沙滩贝壳上的海风？

斑斑点点，已踏出了一个星群。
抬头看，那其实是一份夜空
黯淡的黑白拷贝。缓缓地
你跪下，去抓摸
其中的一颗。
（[加纳]奈伊·阿伊克维·帕克斯）

“生命中可可的东西很好
但
你不要离开目标去追求财富
那里古老的天空俯身
去捡带泥土的词。”
（[加纳]科菲·阿尼多赫）

何尝是带词的泥土，
泥土曾经孕金。
骑着铁轨黄金它无影无踪，
留一坨黄土与荒草相映。

果子就会在你的嘴边：赶紧偿还
出生之债。生出人潮如同大海
再退潮，留下亘古不移沙滩的意义 。
（[尼日利亚]索因卡 ）

就像比勒陀利亚名贵的蓝花矶松
和灌木丛生地区的含羞草，
都对这片美丽的国土怀有深切感情。
（[南非]曼德拉）

这片美丽的国土

永远、永远、永远

不要再重演人压迫人的情景。

（[南非]曼德拉）

161

文字凭空勾勒形象。
声音令其着火。我看着传统
踏步逼近，自己跳舞
返回神
歌咏那首我们熟知的
自由之歌
（[南非]菲丽帕·维利叶斯）

每一次触摸这片国土，

我们都会感到精神振奋。

（[南非]曼德拉）

163

这片美丽的国上

永远、永远、永远

不要再蒙受为世人所唾弃的屈辱。

（[南非]曼德拉）

当草原披上绿装
鲜花吐出芬芳，
我们也会感到心旷神怡。
（[南非]曼德拉）

我们爱听
风的迭词，
爱听田野里嘎嚓嘎嚓的声音。
田野间的庄稼叶
像竹片那么扎人。
（[尼日利亚]索因卡）

世界：一个巨大足球场

没有人孤单一人

生命：穷人和富人，是所有人为

赢得自己所扮演角色的一场游戏

（[马拉维]斯坦利 · 昂热扎尼 · 克那尼）

167

我们在精神上和肉体上

都与祖国息息相联。

（[南非]曼德拉）

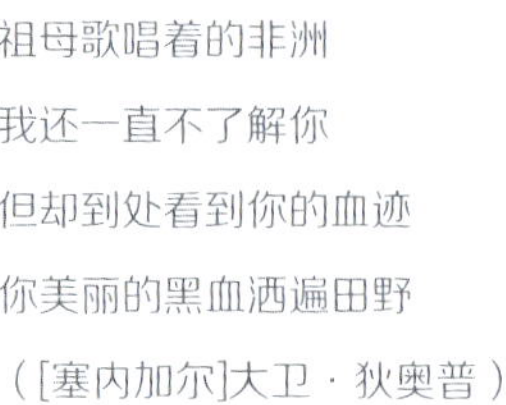

祖母歌唱着的非洲
我还一直不了解你
但却到处看到你的血迹
你美丽的黑血洒遍田野
（[塞内加尔]大卫·狄奥普）

169

我们懂得，

自由之路是不平坦的。

我们深知

单枪匹马不可能取得成功。

（[南非]曼德拉）

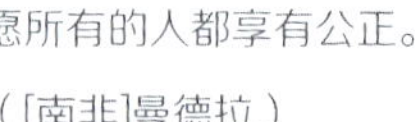

愿所有的人都享有公正。

（[南非]曼德拉）

愿所有的人都享有和平。

（[南非]曼德拉）

思考和梦想引领我的造访，

造访这所诞生奇迹的房子。

呵，

曼德拉小屋。

173

来自四面八方的热情，
簇拥着美德，有如朝圣。

174

摄录这个普通人的普通和不普通

记下桌子上的尊严与信心

黑暗的子弹

怎能射灭光明?

地下

总有长明灯。

177

非洲啊，你的声音……

它震撼我，犹如飓风震撼它的回音

我爱它，……它是一腔激情

我爱它，……它是多少眼睛中的闪电

我爱它，因为它就是我的声音。

（[苏丹]费多里）

矛尖上的瞭望
总有希望闪光
“你愿不愿意像白蚁
那分工不同但又统一的反应节奏
渴望着追逐美好的一天
直到暮色来临。”
（[尼日利亚]奥波多迪玛·奥哈）

179

歌声诞生之地，

孕育着一个词语

舒缓地享用着

蕴藏在

光与生命中的隐喻

（[莫桑比克]塔尼娅 · 托麦）

目光中偶遇围栏生锈的尖刺
密密麻麻交织一起，
一棵火树苍白
但那些桔色的花簇
仍充满着壮丽的回忆。
（[津巴布韦]阿曼达·哈玛）

今日的一切沉重似铅
像幅有韵的雕刻
取材于《圣经》
在窗棂玻璃上闪现。
（[莫桑比克]索萨）

182

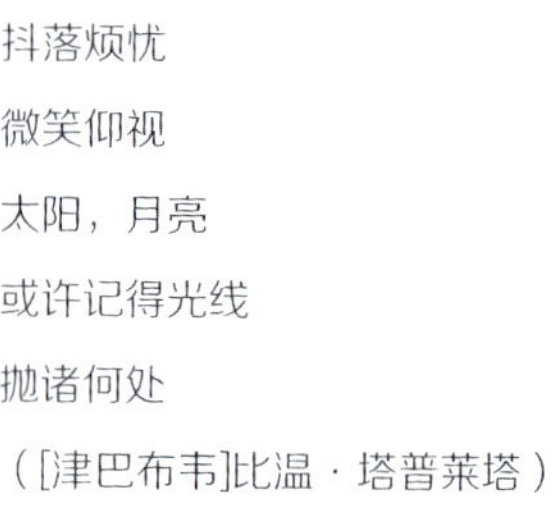

抖落烦忧

微笑仰视

太阳，月亮

或许记得光线

抛诸何处

（[津巴布韦]比温 · 塔普莱塔）

183

“此刻，我们——收获者
等待穗须变成红褐色……
果实累累的茎杆
抵御了病菌的朽坏——我们等待
红褐色的希望。”
（[尼日利亚]索因卡）

微笑的帝王花呀
把非洲博大的母性
遗传。

184

“因为大脑还清醒
听力也健全
因为智力能捕捉它
沉默很好玩。”
（[埃塞俄比亚]阿莱姆·特伯热·艾尔）

听沉默的愤怒钟声
听寂静的辉煌声音

185

怀着希望与决心

我们必须懂得

怎样移向一片风景

那里我们的梦不会变成梦魇

那里我们的梦始终在望

（[南非]凯奥拉佩策·考斯尔）

“我们赞美笑声。

我们为笑声祝福，

因为她使世界摆脱了黑夜。”

（[尼加拉瓜]鲁文·达里奥）

为朋友

开启笑声之门

笑声的电梯

飞升

“上帝护佑非洲
将它的荣耀冉冉升起。
来自我们蔚蓝的天空，
来自我们宽广的海洋，
还有我们永恒的高山，
全都发出坚如磐石的回响。”
（南非国歌《天佑非洲》）

北半球东海岸，我立正
向你遥致问候
愿上帝保佑你
非洲的兄弟姐妹呵

图书在版编目(CIP)数据

啸啸噜喳：唱游南非 / 戴逸如摄影、撰文—上海：上海交通大学出版社，2013

ISBN 978-7-313-10113-6

Ⅰ. ①啸… Ⅱ. ①戴… Ⅲ. ①散文集-中国-当代②南非-摄影集 Ⅳ. ①I267②K947-64

中国版本图书馆CIP数据核字（2013）第163851号

啸啸噜喳——唱游南非

戴逸如　摄影、撰文

上海交通大学出版社出版发行

（上海市番禺路951号　邮政编码200030）

电话：64071208　出版人：韩建民

上海中华商务联合印刷有限公司印刷　全国新华书店经销

开本：889mm×1194mm 1/20　印张：10　字数：99千字

2013年7月第1版　2013年7月第1次印刷

ISBN 978-7-313-10113-6/I　定价：78.00元

告读者：如发现本书有印装质量问题请与印刷厂质量科联系

联系电话：021-59226000